VENTE DU VENDREDI 17 MAI 1889

HOTEL DROUOT, SALLE N° 1

À trois heures.

TABLEAUX

ANCIENS

Œuvre importante de Johannès FYT

EXPOSITION PUBLIQUE

LE JEUDI 16 MAI 1889

De une heure à cinq heures.

COMMISSAIRE-PRISEUR	EXPERT
Mᵉ **PAUL CHEVALLIER**	**M. Eug. FÉRAL**, peintre
10, rue Grange-Batelière.	Faubourg-Montmartre. 54.

IMPRIMERIE D. DUMOULIN ET Cie
Rue des Grands-Augustins, 5, à Paris.

CATALOGUE

DE

TABLEAUX

ANCIENS

Œuvre importante de Johannès FYT

BELLES COMPOSITIONS PAR GASPAR TRAVERSI

ET AUTRES ŒUVRES DE

ASSELYN, BREUGHEL, DESPORTES, FALENS, HEEMSKERK
Mme VIGÉE LE BRUN, MALLET, MOLENAER,
PILLEMENT, REGEMORTER, ETC., ETC.

DONT LA VENTE AURA LIEU

HOTEL DROUOT, SALLE Nᵒ 1

Le Vendredi 17 Mai 1889, à 3 heures

COMMISSAIRE-PRISEUR	EXPERT
Mᵉ PAUL CHEVALLIER	M. EUG. FÉRAL, peintre
rue Grange-Batelière, 10	faubourg Montmartre, 54

Chez lesquels se trouve le présent Catalogue.

EXPOSITION PUBLIQUE : Le Jeudi 16 Mai 1889.

De une heure à cinq heures.

CONDITIONS DE LA VENTE

La vente sera faite au comptant.

Les acquéreurs payeront cinq pour cent en sus des enchères applicables aux frais.

DÉSIGNATION

ASSELYN (J.)

1 — *Un Paysage italien.*

Une vallée entourée de montagnes avec rivière traversée par un pont en ruine.

Sur la route conduisant au pont, des paysans avec des bœufs.

D'une couleur claire et chaude.

Haut., 74 cent.: larg., 93 cent.

BERCKEYDEN (JOB)

2 — *Massacre de Jean de Witt, Grand-Pensionnaire de Hollande, et de son frère Corneille (1672).*

Fine petite peinture, sur cuivre.

Haut., 09 cent. ; larg., 15 cent.

BREUGHEL (Pierre)

3 — *Une Kermesse.*

De nombreux personnages sont réunis sur la place d'un village; les uns montés dans des voitures, les autres ; se tenant par les mains, dansent en rond autour d'un arbre.

Des dames et des seigneurs, richement vêtus, circulent au centre.

A droite, une auberge. Vers le fond, une procession.

Bois. Haut., 68 cent.; larg., 1 m. 27 cent.

BREUGHEL

(DEUX PENDANTS)

4 — *Nombreux Villageois au bord d'une rivière.*

Villageois et chariots à l'entrée d'un village.

Bois. Haut., 32 cent. ; larg., 37 cent.

BUDELOT (Ph.)

5 — *Le Bois de Boulogne.*

Au premier plan, une femme cause avec deux voyageurs assis au bord d'un chemin.

Toile. Haut., 54 cent. ; larg., 44 cent.

CANALETTI

6 — Intérieur d'un palais.

Toile. Haut., 35 cent.; larg., 54 cent.

COYPEL

7 — La Vierge et l'Enfant Jésus.

Crayon noir et sanguine, rehaussés de blanc.
Dessin mis au carreau.

CUYP (attribué à ALBERT)

8 — Paysage et Animaux.

Cinq vaches au repos au bord d'une rivière, sous la
garde de deux bergers. Au second plan, des rochers au-
dessus desquels se trouve une construction en ruine.

Bois. Haut., 40 cent.; larg., 55 cent.

DE HEEM (genre de D.)

*9 — Fruits et objets divers posés sur une table
de cuisine.*

Toile. Haut., 56 cent.; larg., 84 cent.

DESPORTES (François)

10 — *Fruits.*

Des raisins, des pommes, des branches d'abricots, au-
près d'un vase du Japon.
Le tout posé sur un socle de pierre orné de bas-relief.
Remarquable tableau.

> Toile. Haut., 83 cent.; larg., 1 m. 10 cent.

FALENS (Charles Van)

11 — *Le Départ pour la chasse au faucon.*

Les chasseurs, montés sur leurs chevaux, suivis de
leurs chiens, longent une rivière se dirigeant vers une mai-
son de campagne que l'on aperçoit vers le fond.
Fin petit tableau.

> Bois. Haut., 3o cent.; larg., 4o cent.

FYT (Johannès)

12 — *Nature morte.*

Ce superberbe tableau, qui provient de la collection
du comte R. de Cornelissen, est ainsi décrit par Etienne Le
Roy dans le catalogue de la vente qui eut lieu en 1857 :

« Magnifique composition rendue avec précision et une vérité dont le charme est indicible. A gauche, une tête de sanglier se trouve posée sur la nappe qui, étendue négligemment sur le sol, a pour but de protéger le gibier de toute souillure. Un lièvre mort est suspendu par une patte à l'une des deux colonnes que cache en partie un rideau rouge retombant à larges plis; la tête de ce lièvre vient reposer sur le linge. Après, sont entassés dans un apparent désordre plusieurs oiseaux aux couleurs variées, parmi lesquels on remarque deux piverts et un geai. En partie caché sous cette masse est un lapin ; près de celui-ci, repose la tête d'un canard sauvage que l'on voit dans une corbeille où se trouvent également des perdreaux et quelques autres pièces de menu gibier. Enfin, à la droite, et près de cette corbeille, sont deux beaux chiens de chasse, gardiens de cette enceinte réservée, de cette chasse abondante.

« La lumière qui frappe chaque objet est habilement distribuée, et, par des sages gradations de tons, isole en quelque sorte chaque pièce de sa voisine, laissant la gauche du tableau plongée dans la demi-teinte formée par la draperie.

« A droite, s'étend un paysage montagneux où se montrent quelques constructions. »

Toile. Haut., 1 m. 16 cent. ; larg., 1 m. 67 cent.

GOYA (F.)

13 — *Paysans espagnols*.

Esquisse.

Bois. Haut., 25 cent.; larg., 20 cent.

GREUZE (d'après J.-B.)

14 — Portrait de Babuti, beau-frère de Greuze.

Toile. Haut., 54 cent.; larg., 44 cent.

GUIARD (Mme)

15 — Portrait de femme âgée.

Toile. Haut., 60 cent.; larg., 49 cent.

HEEMSKERK

16 — Noce de village.

De nombreux villageois sont réunis dans une auberge hollandaise; l'un d'eux, monté sur un banc, joue du violon, faisant danser un gros paysan qui tient une jeune fille par la main. A gauche, plusieurs villageois assis autour d'une table jouent aux cartes; à droite, un homme debout compte l'argent que lui remet une vieille femme assise.

Au fond, sur un plancher de bois qui forme un second étage, des joyeux convives fument et chantent en regardant les danseurs.

Important tableau de l'artiste.

Toile. Haut., 80 cent.; larg., 1 m.

JEAURAT (Étienne)

17 — Le Marchand de gibier.

Toile. Haut., 70 cent.; larg., 51 cent.

LE BRUN (Mme VIGÉE)

18 — *La jeune Musicienne.*

Elle est debout, vue à mi-corps, vêtue d'une robe blanche, et pinçant de la lyre.
Pastel ovale.

Haut., 90 cent. ; larg., 70 cent.

MALLET

19 — *L'Heureuse famille.*

Bois. Haut., 31 cent.; larg., 40 cent.

MARTIN

20 — *Choc de cavalerie.*

Toile. Haut., 53 cent.; larg., 63 cent.

MIGNARD (genre de)

21 — *Portrait d'une dame, sous les attributs de sainte Madeleine.*

Toile. Haut., 80 cent.; larg., 64 cent.

★

MOLENAER

22 — *La Plage de Scheveningen.*

Au premier plan, un cavalier, monté sur un cheval blanc, cause avec une femme. Au second plan, des pêcheurs remplissant des paniers de poissons.

Sur la gauche, la mer sillonnée par des bateaux.

Bois. Haut., 35 cent.; larg., 48 cent.

NAIVEU (MATHIEU)

23 — *Portrait de femme.*

Elle est debout, dans un parc, auprès d'un banc de pierre et tenant un petit chien.

Signé et daté 1677.

Bois. Haut , 42 cent.; larg., 34 cent.

NETSCHER (CONSTANTIN)

24 — *Portrait de femme.*

Vue jusqu'à la ceinture, vêtue d'une robe blanche décoltée avec écharpe en soie jaune.

Tolle. Haut., 72 cent.; larg., 58 cent.

PANTOJA DE LA CRUZ (attribué à)

25 — *Portrait présumé de Charles V.*

Vu jusqu'à la ceinture, couvert d'une cuirasse.

Toile. Haut., 95 cent.; larg., 77 cent.

PIAZZETTA

(DEUX PENDANTS)

26 — *Paysan jouant de la flûte et femme chantant.*

PILLEMENT

27 — *Paysage accidenté.*

De nombreux villageois, charrettes et bestiaux traversent un pont en ruine, parcourant un chemin sinueux longeant de grands rochers couverts d'arbustes qui se trouvent sur la droite.

Important tableau de l'artiste.

Signé à gauche et daté 1791.

Toile. Haut., 70 cent.; larg., 95 cent.

PILLEMENT

(DEUX PENDANTS)

28 — *Paysages avec rochers, cours d'eau, et figures au premier plan.*

Bois. Haut., 33 cent.; larg., 44 cent.

REGEMORTER (Ignace Jos. van)

29 — *Vue prise dans les Ardennes.*

Une rivière, alimentant un moulin, coule entre des ro_
chers; les eaux, traversant un barrage, se déversent sur la
gauche.

Une paysanne, tenant un agneau dans ses bras, fait
passer le cours d'eau à trois vaches et une chèvre.

Bon tableau, d'un ton blond et harmonieux.

Bois. Haut., 41 cent; larg., 54 cent.

REVOIL

30 — *Jeanne d'Arc insultée dans sa prison.*

Importante composition qui a figuré au salon de 1819.
Signée à droite P. Revoil.
Provient du château de Rosny.

Toile. Haut.,   cent.; larg.,   cent.

RUYSDAEL (genre de)

**31 — *Paysage avec chemin sinueux et bergers
gardant des moutons.***

Bois. Haut., 47 cent.; larg.. 40 cent.

SCHOEVAERDTS

32 — *Paysage accidenté*.

Avec rivière traversée par un pont; au premier plan des figures.

Cadre en bois sculpté.

Bois. Haut., 35 cent.; larg., 45 cent.

SNYDERS (attribué à F.)

33 — *Corbeille de raisins et fruits divers posés sur une table*.

Bois. Haut., 45 cent.; larg., 62 cent.

SOLIMENE

34 — *Prédication de saint Paul*.

Le saint est sur un rocher, ayant à ses pieds un livre ouvert sur lequel une épée est posée; il est entouré de nombreux personnages qui l'écoutent avec recueillement.

Bonne peinture, d'une couleur chaude et harmonieuse.

Toile. Haut., 1 m. 35 cent.; larg., 98 cent.

SWEBACH (attribué à)

35 — *Roulier faisant ferrer ses chevaux*.

Toile. Haut., 21 cent.; larg., 32 cent.

SWEBACH (genre de)

36 — *Cavaliers faisant halte devant une auberge.*

Bois. Haut., 9 cent.; larg., 14 cent.

TOURNIÈRES (Robert)

37 — *Portrait de jeune femme.*

Les cheveux poudrés, vêtement noir avec fleurs au corsage.

Miniature ovale.

TRAVERSI (Gaspar)

38 — *Une Séance de musique.*

Au centre, une jeune femme touche du clavecin accompagnée par une basse de viole et une flûte. Plusieurs gentilhommes, placés sur la droite, écoutent et leurs physionomies expriment l'impression que produit le charme de la musique.

Bonne et intéressante peinture, signée à gauche.

Toile. Haut., 1 m. 50 cent.; larg., 2 m. 04 cent.

TRAVERSI (GASPAR)

(PENDANT DU PRECEDENT)

39 — *Une Séance de dessin.*

Une jeune femme, la tête de profil et tenant un carton
sur ses genoux, reçoit les conseils de deux professeurs. A
droite, un gentilhomme assis, portant un habit bleu, tient
à la main un dessin que vient de lui remettre un petit éco-
lier à la figure joyeuse

Cinq autres personnages complètent cette composition.

Toile. Haut., 1 m. 50 cent.; larg., 2 m. 04 cent.

VELASQUEZ (attribué à)

40 — *Portrait de Philippe IV.*

Vu en buste, la figure de trois quarts tournée vers la
gauche, il porte un vêtement noir et une large collerette de
guipure.

Toile. Haut., 60 cent.; larg. 50 cent.

VERDUSSEN (J.-P.)

41 — *Bataille.*

Des cavaliers se livrent un combat acharné au pied de
rochers surmontés d'une forteresse. Plusieurs des combat-
tants gisent sur le sol, auprès de leurs chevaux.

Toile. Haut., 77 cent; larg., 1 m. 25 cent.

VERNET (attribué à JOSEPH)

42 — *Marine.*

Effet de clair de lune.

Des pêcheurs se chauffent autour d'un feu en faisant leur cuisine. D'autres quittent leurs bateaux rapportant leurs filets.

Au second plan, différents personnages sont groupés sur un quai, au pied d'une forteresse.

Dans le fond, un navire de guerre et quelques bateaux de pêche.

Toile. Haut., 96 cent.; larg., 1 m. 35 cent.

VERONÈSE (PAOLO CALIARI)

43 — *La Cène.*

Belle esquisse du tableau qui se trouve au couvent de Monté-Berico, à Vicence.

Gravé par Luigi Pizzi Véronèse, en 1808.

Toile. Haut., 1 m. 06 cent.; larg., 1 m. 70 cent.

WEENIX (attribué à J.-B.)

(DEUX PENDANTS)

44 — *Dames et Cavaliers causant dans un parc, auprès de riches habitations hollandaises.*

Bois. Haut., 43 cent.; larg., 64 cent.

ÉCOLE FLAMANDE

45 — *La Tour de Babel.*

Peinture sur bois, de l'École des Franck.

Haut., 47 cent.; larg., 62 cent.

ÉCOLE FLAMANDE

46 — *Portrait de femme portant un costume oriental.*

Bois. Haut., 30 cent.; larg., 25 cent.

ÉCOLE FRANÇAISE (XVIIe siècle)

47 — *Portrait présumé de Gabrielle d'Estrées.*

Peinture sur bois, de forme octogone.

Bois. Haut., 33 cent.; larg., 26 cent.

ÉCOLE FRANÇAISE

48 — *Jeune femme en buste.*

Elle tient un panier et une grappe de raisins.

Toile. Haut., 50 cent.; larg., 36 cent.

ÉCOLE FRANÇAISE

49 — *Personnages orientaux se faisant servir à boire dans un parc.*

> Toile. Haut., 28 cent.: larg., 21 cent.

ÉCOLE FRANÇAISE

50 — *Le Nid d'oiseaux.*

> Toile. Haut., 76 cent.; larg., 58 cent.

ÉCOLE FRANÇAISE

51 — *Jeune Femme en costume du temps de Louis XVI.*

Elle tient un chien sur ses genoux.

> Toile. Haut., 88 cent.;larg., 70 cent.

ÉCOLE FRANÇAISE

52 — *Portrait de Jeune Dame.*

ÉCOLE HOLLANDAISE

53 — *La Déclaration.*

> Bois. Haut., 25 cent.; larg, 20 cent.

ÉCOLE HOLLANDAISE (genre de BRAUWER)

54 — *Un Buveur*.

> Toile. Haut., 20 cent.; larg., 16 cent.

ÉCOLE HOLLANDAISE (genre de BERGHEM)

55 — *Villageois faisant halte auprès d'une tour en ruine*.

> Bois. Haut., 35 cent.; larg., 40 cent.

ÉCOLE HOLLANDAISE

56 — *Paysage*.
Effet de clair de lune.

> Toile. Haut., 28 cent.; larg., 36 cent.

ÉCOLE HOLLANDAISE

57 — *Marine. — Effet d'orage*.

> Cuivre. Haut., 31 cent.; larg., 40 cent.

ÉCOLE ITALIENNE

58 — *Portrait de femme tenant un éventail*.

> Toile ovale. Haut., 92 cent.; larg., 64 cent.

ÉCOLE ITALIENNE

59 — *Jeune femme debout.*

Elle porte un collier de perles et une large collerette en guipure lui couvre les épaules.

Toile. Haut., 1 m. 37 cent.; larg , 90 cent.

ÉCOLE ITALIENNE

60 — *Judith venant de trancher la tête d'Holopherne.*

Toile. Haut., 42 cent.; larg. 38 cent.

ÉCOLE ITALIENNE

61 — *Suzanne et les Vieillards.*
Peinture sur marbre.

Haut., 42 cent.; larg. 35 cent.

62 — *Gravure avant la lettre de Luigi Pizzi Véronèse, d'après le tableau de Paul Véronèse, qui se trouve au couvent de Monte Berico, à Vicence.*